COLLANA LEGGOIO

Progetto grafico: Simonetta Zuddas
Illustrazioni: Daniela De Luca

www.giunti.it

Via Bolognese, 165 - 50139 Firenze - Italia
Via Dante, 4 - 20121 Milano - Italia
Prima edizione: 1994 (Lisciani & Giunti Editori con il titolo
La bella Gertrude sola e pensierosa, collana "C'era non c'era")

Ristampa	Anno
6 5 4 3 2	2010 2009 2008 2007

Stampato presso Giunti Industrie Grafiche S.p.A. – Stabilimento di Prato

Giorgio Montefoschi

La bella GERTRUDE

GIUNTI Junior

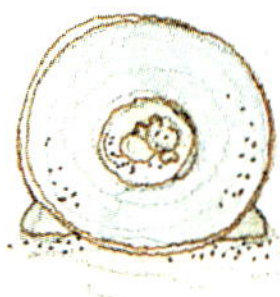

C'era una volta una bella bambina che si chiamava Gertrude: aveva i capelli biondi e ricci, un buffo nasetto all'insù e due grandi occhi azzurri come il mare.

Il mare, però, Gertrude non lo aveva mai visto, neppure su una cartolina: viveva con i suoi genitori, il barone Poldo e la baronessa Mariolina, nel castello di famiglia e non usciva mai.

Poldo e Mariolina erano due genitori un po' strani, perché per Gertrude avevano paura di ogni cosa: se esce d'inverno, dicevano, di sicuro prende il raffreddore, se la mandiamo a scuola con gli altri bambini, figuriamoci, le attaccano subito le malattie infettive, e alle feste… alle feste, per carità, si mangiano troppi pasticcini e viene l'indigestione, dicevano e così la loro bambina se la tenevano sempre in casa senza farle mai mettere il naso fuori del portone… per paura che si sciupasse.

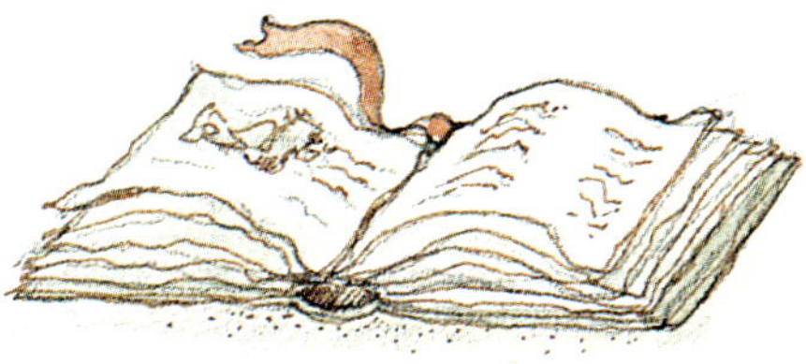

A scuola la povera Gertrude ci andava, tutte le mattine, ma la sua scuola era un grande salone al primo piano del castello, pieno di libri e con un lunghissimo tavolo al centro, dove l'aspettava, rigida e impettita, la terribile signora Paperetti che le faceva da istitutrice.

– Fai la riverenza e siediti – comandava la Paperetti appena Gertrude entrava, stando dall'altro capo del tavolo, e cominciava la lezione.

– Tre per due... sei per cinque... – come era difficile ricordarsi le tabelline a quell'ora del mattino!
Molte volte Gertrude aveva ancora sonno, oppure non sentiva bene perché la Paperetti era lontanissima e rispondeva sbagliando e allora quella strega la metteva in punizione e non le dava la merenda: che di solito era una tazza di cioccolata calda con doppia panna che avrebbe fatto venire l'acquolina in bocca a chiunque.

Non parliamo poi degli sbadigli: siccome Gertrude era sola in quello stanzone e si annoiava, ogni tanto spalancava la bocca in un grosso sbadiglio. Se la Paperetti se ne accorgeva erano fulmini e saette:
– Abbiamo un ippopotamo in questo castello! Una signorina che sbadiglia come un ippopotamo! Eh? Senza merenda! – tuonava.

"Brutta papera" pensava con rabbia Gertrude e le veniva da piangere. Anche il pranzo era molto noioso e Poldo e Mariolina sapevano solo dirle di stare composta e di mangiare tutto, pure le cose che non le piacevano, come gli spinaci e il baccalà.

Il pomeriggio la povera Gertrude se ne stava sola nella sua stanza a guardare fuori dalla finestra.

Il castello, stretto fra le montagne, era un po' più in alto del villaggio e così Gertrude poteva vedere tutto quello che vi accadeva.

Lei guardava soprattutto i bambini: d'inverno, quando scendeva la neve e ricopriva i campi e i boschi di un candido mantello, i bambini del villaggio facevano le gare in slittino, costruivano i pupazzi di neve e pattinavano sul ruscello gelato; in primavera e d'estate giocavano nel bosco, facevano merenda sui prati e andavano a pescare; a carnevale si mascheravano e facevano gli scherzi alle maestre e al parroco.
Gertrude li guardava, sospirava e pensava: "come mi piacerebbe stare con loro", ma tanto sapeva che era impossibile.

Figuratevi che una volta, d'inverno, mentre nevicava, aveva chiesto a suo padre di poter fare una corsa in slittino fino al villaggio e Poldo si era così inquietato, al solo pensiero del raffreddore che avrebbe di certo preso la sua piccola Gertrudina, che si era sentito male, a letto con la febbre ci si era dovuto mettere lui e il medico gli aveva dovuto fare anche una puntura.

Così Gertrude era arrivata nientemeno che a sette anni senza aver mai visto una scuola, senza mai essere andata a una festa e senza aver mai giocato con degli altri bambini, si annoiava molto, era malinconica e sulle guance il bel colore rosso che hanno di solito tutti i bambini lei non ce lo aveva.

Finché un giorno, proprio dopo mangiato, mentre Poldo sorbiva il suo caffè chiacchierando con la Paperetti e Gertrude si stava per addormentare, si udì una violenta scampanellata al portone e, in men che non si dica, tutti rossi e trafelati, entrarono nel salone due bei bambini bruni della stessa età di Gertrude.

– Non ci riconosci zio Poldo? Siamo i tuoi nipotini: Pieretta e Serafino. La mamma ci ha mandati a stare qui per un mese o due, perché lei è partita.

Lo zio Poldo sobbalzò; chissà se hanno avuto la varicella, pensava, tremando, ma erano suoi nipoti e li doveva ospitare per forza.

Anzi, li presentò pure alla Paperetti:
– Signorina Paperetti, le presento i miei nipotini.
– Coccodè – fecero quei birbanti.
La Paperetti svenne e le portarono i sali per riprendersi e Gertrude stava per scoppiare a ridere, ma la mamma la fulminò con lo sguardo.

Serafino, però, le fece l'occhietto come per dire: adesso ci pensiamo noi.
E infatti da quel giorno la vita al castello a poco a poco cambiò. La povera Paperetti, per esempio, era disperata. Mentre faceva lezione a Gertrude, i due diavoletti le combinavano ogni sorta di scherzi.

Il più frequente era questo: si nascondevano sotto il tavolo ancor prima che lei entrasse, poi, appena cominciavano le tabelline, all'improvviso uno dei due abbaiava e l'altro le affondava le unghie nel polpaccio rinsecchito facendole credere che fosse un cane.

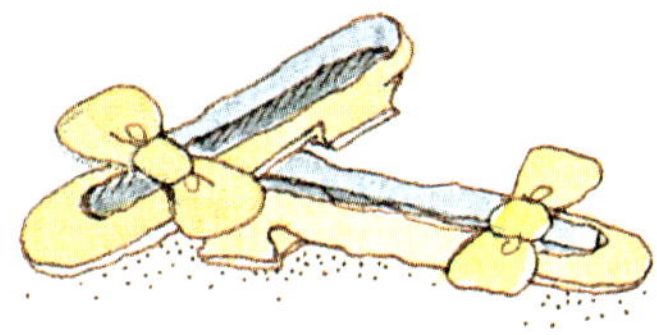

La Paperetti ogni volta ci cadeva e si infuriava, anche perché Gertrude rideva a garganella, e a furia di infuriarsi le andò via la voce e si dovettero sospendere le lezioni.

A pranzo i bambini avevano chiesto di poter mangiare da soli e si divertivano un mondo, soprattutto a fare la gara di chi mangiava più paste alla crema e più ciliegie e il pomeriggio, se era bello, giocavano nel cortile del castello e, se era brutto…

… se era brutto, quei due mascalzoni di Pieretta e Serafino avevano trovato un baule di vestiti vecchi in cantina con i quali passavano il tempo a mascherarsi e a fare spaventi alla cuoca. Come si divertiva Gertrude a giocare così!

Suo padre Poldo era molto preoccupato, ma non poteva dir nulla, perché sua figlia non aveva preso neppure un raffreddore, né aveva mai avuto una indigestione e le guance erano sicuramente più colorite di prima.
Il fatto davvero sorprendente, comunque, accadde a carnevale.

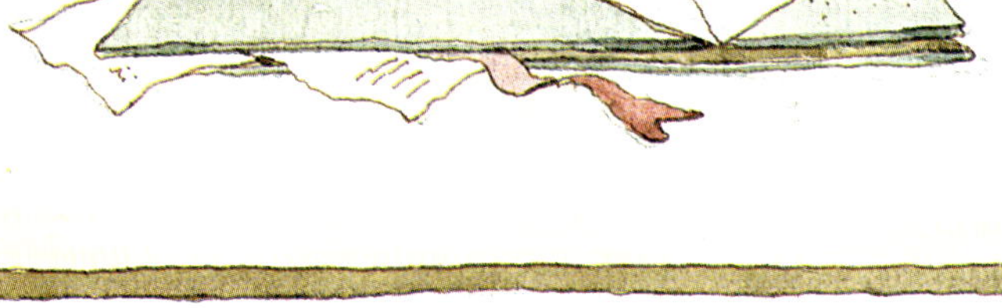

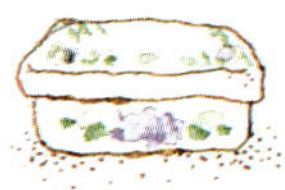

Un bel giorno Pieretta e Serafino sparirono e non tornarono per il pranzo. Poldo stava in pensiero, Mariolina diceva continuamente:
– Dove staranno quei due diavoli – e Gertrude era disperata, perché credeva che i cugini fossero andati via per sempre e aveva le lacrime agli occhi.

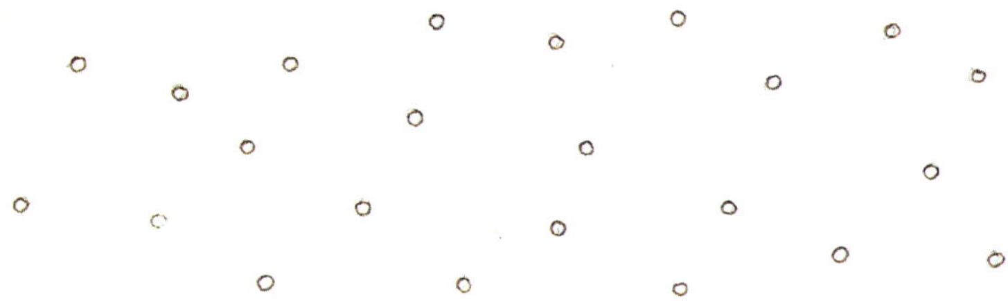

Le ore trascorrevano lente nel grande salone del castello, mentre fuori nevicava, ma di Serafino e Pieretta non si avevano più notizie e la situazione stava diventando davvero preoccupante, quando all'improvviso si spalancò la porta e in un turbine di neve entrarono i due mariuoli.

– Dove siete stati? – li sgridò Poldo.

– In paese a bere una cioccolata, con la Paperetti – risposero in coro.

– Signorina Paperetti – disse Poldo adirato alla istitutrice che era appena entrata e si era fermata sulla soglia – perché non mi ha detto nulla?

– Perché qua-quaraqua – rispose quella.
– Paperetti! – tuonò Poldo – come si permette!
Ma proprio in quel momento quella che era, anzi sembrava, la Paperetti oscillò paurosamente e cadde per terra: la gonna allora si sollevò e mostrò due bei trampoli di legno sui quali era poggiato un bambino del villaggio mascherato da Paperetti.
– Oh mio Dio! – esclamò interdetto Poldo – dove li avete rubati quei vestiti?

La risposta venne dalla Paperetti stessa, quella vera, che comparve all'improvviso nel salone con solo la sottoveste: aveva tutti i capelli bianchi scarmigliati, le mani legate, una mela in bocca e poteva soltanto mugolare. Quando le fu tolta la mela dalla bocca fece in tempo a dire:

– Quei due diavoli, mi hanno imbavagliata in camera mia… Oh Dio, oh mio Dio… i miei vestiti – e poi si accasciò sul divano, come al solito svenuta.

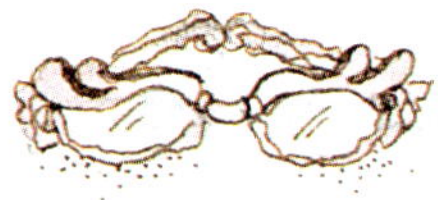

Ci fu un momento di silenzio in cui tutti pensarono: adesso chissà che succede e invece Poldo scoppiò a ridere con una risata talmente lunga che gli fece venire le lacrime agli occhi. Rideva e rideva a vedere la Paperetti finta e quella vera senza riuscire a trattenersi e così si dovette mettere a sedere.

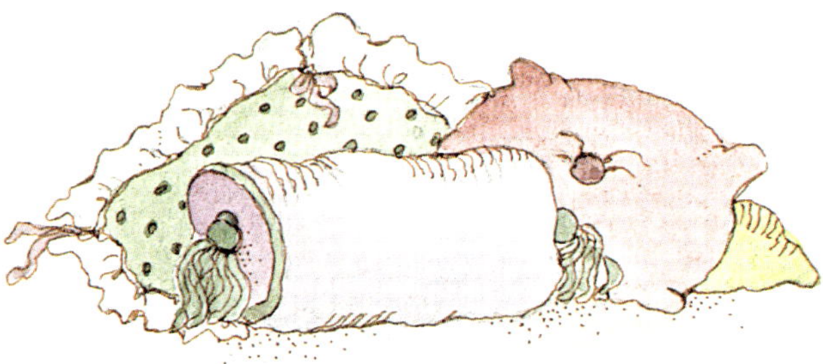

E mentre rideva, le risate divennero un coro: la porta, infatti, si spalancò e dietro la porta apparvero tutti i bambini del villaggio che avevano organizzato la burla.
Serafino e Pieretta erano molto fieri e Gertrude era felice. Mariolina fece entrare i bambini nel salone.
In quattro e quattr'otto venne organizzata una festa mascherata, con i vestiti del baule, in cui tutti si divertivano un mucchio: Poldo e Mariolina stessi giocarono con i bambini, la cuoca portò delle cose squisite da mangiare – tra cui una torta con fragole e ciliege, mista – e ci fu anche un teatrino.

Verso sera i bambini se ne tornarono in paese con le slitte e promisero di venire anche il giorno dopo.
– Senz'altro – disse Poldo tutto di buon umore.
Ora non pensava più alle malattie ed era tutto soddisfatto che la sua Gertrude stesse con dei bambini così simpatici. Lo scherzo era servito come da incantesimo.

La Paperetti si licenziò e la mattina dopo prese la corriera per andare a far sbadigliare qualche altra povera bambina in qualche altro castello; i due cuginetti tornarono in visita sempre più spesso e Gertrude…

Gertrude fu iscritta alla scuola del villaggio. Adesso non era più sola e pensierosa, ma era quella che ne combinava più di tutti gli altri messi insieme. Tanto è vero che era soprannominata "Gertrude la Peste".

TANTO PER GIOCARE

a cura di Rita Rucci

E COSÌ, HAI FINITO DI LEGGERE QUESTA SIMPATICA STORIA. TI È PIACIUTA? SCRIVI LE TUE IMPRESSIONI NEL RIQUADRO.

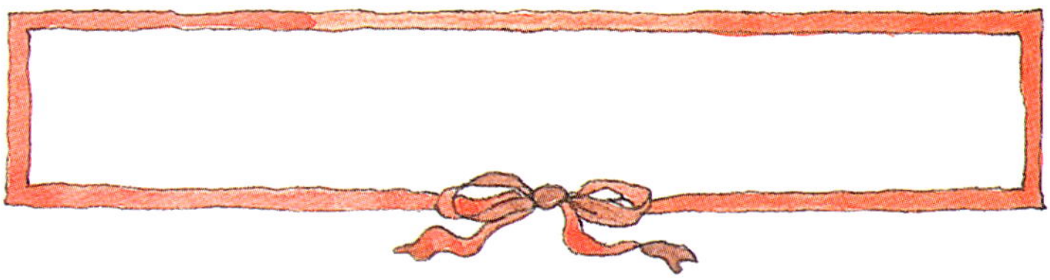

SEGNA, TRA QUESTI PERSONAGGI DELLA STORIA, QUELLO PRINCIPALE.

PIERETTA

GERTRUDE

SERAFINO

SCRIVI I NOMI DEGLI ALTRI PERSONAGGI:

....

ALL'INIZIO E ALLA FINE

COLORA DI CELESTE LE LETTERE CHE SERVONO PER INDIVIDUARE ALCUNE CARATTERISTICHE DI GERTRUDE DESCRITTE ALL'INIZIO DELLA STORIA. COLORA DI GIALLO LE RIMANENTI LETTERE, RICORDERAI IL SUO SOPRANNOME.

G	S	E	O	R
T	R	L	U	A
E	D	P	E	E
L	N	A	S	P
E	I	E	S	R
O	T	S	E	A

E TU, HAI UN SOPRANNOME? SCRIVILO QUI:

PIERETTA E SERAFINO SONO I DUE CUGINETTI DI GERTRUDE CHE COMPAIONO AL CASTELLO AD UN CERTO PUNTO DELLA STORIA.

COLORA DI ROSSO LA STRADA CHE HANNO PERCORSO PER ARRIVARE AL PORTONE.

LA SIGNORINA PAPERETTI HA DATO MOLTI COMPITI A GERTRUDE. AIUTALA TU A RISOLVERE LE SEGUENTI MOLTIPLICAZIONI.

2 x 5 =		7 x 7 =	
4 x 4 =		3 x 9 =	
6 x 3 =		6 x 8 =	
4 x 8 =		3 x 7 =	
5 x 6 =		1 x 10 =	

COMPLETA, CON GERTRUDE, LA SERIE DEI NUMERI, SCRIVENDO QUELLI CHE MANCANO.

2		6				14		

1	5		13					

GERTRUDE HA SCELTO UNA MASCHERA
DA INDOSSARE PER IL CARNEVALE.
SAI QUAL È?
SEGUI IL FILO GIUSTO E LO SCOPRIRAI.

COLLANA LEGGOIO

CARLA VASIO
Giovannino dei draghi

MASSIMO SARDI
L'arcobalena

EMANUELA NAVA
E da quel giorno...

LUISA LORENZINI
Oggi sono contento

VALENTINA FIORENTINO
Storie piccine

GIANNI RODARI
I nani di Mantova

GIUSEPPE PONTIGGIA
Cichita la scimmia parlante

ROBERTO LUCIANI
Arrivano le moschine

MARIA LORETTA GIRALDO
L'Orcopoldo e la Stregabega

ANNA SARFATTI
Pecorino profumino

BEATRICE SOLINAS DONGHI
Melina

FULVIO TOMIZZA
Il gatto Martino

MARCO BIASSONI
Re Rirò nel paese di Nonsò

LUIGI COMPAGNONE
Il lupo imperatore

ATTILIO E KAREN
Gino il pulcino e altre storie

LIDIA RAVERA
Il paese all'incontrario

GIORGIO MONTEFOSCHI
La bella Gertrude

MASSIMO GRILLANDI
Firin Firò e i due briganti

ANNA SARFATTI
Ri-trattini

GINA LAGORIO
Schitimiro e Mamma Nasella

PAOLA COPPINI
Il gabbiano Gaetano

MARIO TOBINO
Eolina la fata dei mozzi

MASSIMO INDRIO
Il signor Carota

ANNA SARFATTI
Il galletto Maciste

SILVIA RONCAGLIA
Uffa uffa!

ANNA LAVATELLI
Valeria sei in ritardo

SILVIA RONCAGLIA
Magia di neve

MARIA LORETTA GIRALDO
Piccolo Riccio non vuole dormire

MASSIMO INDRIO
Il viaggio di Erminio Cipolla

ELISA PRATI
I racconti di Fuffoli

LUCA COGNOLATO
Occhio alla fata!

ANNA SARFATTI
Una trappola per Maciste

CLAUDIA PALOMBI
Gloria Muccalesta Superstar

BARBARA PUMHÖSEL
La principessa Sabbiadoro